Kと真夜中のほとりで

藤田貴大

青土社

Kと真夜中のほとりで　目次

Kと真夜中のほとりで　5
プールにまつわる、エトセトラ　49
わたしの、身のまわり。そして、ささやかな現象。　95
さとこの、一週間。愛したり。愛されたり。　119
Rと無重力のうねりで　157

カバー写真　井上佐由紀
装幀　名久井直子

Kと真夜中のほとりで

ある真夜中。

トントントーン。

あの、ノックの音が、どこからか。

トントントーン。

聞こえてくる、よう。

トントントーン。

眠たくって、でも、眠れなくって。

布団にするりとはいるものの。

眼をぎゅうっとつむるものの。
眠れなくって。眠れなくって。

　トントントーン。

真夜中がまるで、あの、ノックの音に。

トントントーン。

凝縮されていく、よう。

トントントーン。

いけないいいけない。
こういうときってのは、これはいけない、寝なくてはいけない、なんて考えちゃう。

　いけないいいけない。
と、自身に繰り返してしまうと、ああ、自分とはなんていけないい人間なのだろう。
　いけないいいけない。
と、つまり所謂、自己嫌悪する、みたいなことになる、わけ。
　いけないいいけない。
は、真夜中に便乗して、さらに真っ暗闇をまるで、助長させていく、よう。
　いけないいいけない。には他に、こういった効能がございます。
あれしちゃいけない。これしちゃいけない。
と言われ続けて育てられた子は、親によって唱えられる、
　いけないいいけない。を、搔い潜って必ず嘘をつくようになる、らしい。
以上です。

みたいなことをたしかいつだかの、テレビで。
いけ好かない男だか女だかが、言っているのを聞いたことがあって。

いけないいいけない。について。

でもわたしは、ああ、それってそうだわ。
って、それに対して、素直な感想を抱けちゃうんだよね。
そうわたしが、ああ、それってそうだわ。
って、それに対して、言い切れるのは斯くいうわたしも、

いけないいいけない。と、言われ続けて育てられた、ひとり、だからで。

トントントーン。

あの、ノックの音が、どこからか。

トントントーン。

聞こえてくる、よう。

トントントーン。

つまりだからわたしは最近、

トントントーン。

まったくに、

トントントーン。

すっかりと、

トントントーン。

嘘をつく機会が増えてしまったような、気がしてならなくって。
いつか決定的で重大な嘘をついてしまう気がしてならなくって。

トントントーン。

いやむしろそういえばこないだ、決定的で重大な嘘。
というか、嘘みたいなのをついたかもしれなくって。

トントントーン。

それっていうのは、あの日、あの真夜中。
わたしがKちゃんについた嘘、というか、嘘みたいな態度。

Kちゃん。
と、わたしはあの頃。帰る道が一緒で。
Kちゃん。
と、わたしの関係については、それだけで済まされてしまうというか。
説明がついてしまうというか。
Kちゃん。
と、わたしの関係については、それくらいの希薄さが帯びていて。
帯びているだけに、追憶しだすと止まらない速度も、孕んでいて。
Kちゃん。
を、追憶する加速度が増せば増すほど、真夜中はノンストップで進行していく、よう。
Kちゃん。
は、真夜中の底にずぶずぶとわたしを誘っていく、よう。

トントントーン。

あの日、あの真夜中。Kちゃんはわたしの部屋のドアをノックした。

トントントーン。

真夜中がまるで、あの、ノックの音に、

トントントーン。

凝縮されていく、よう。

トントントーン。

Kちゃんがノックしたドアを、わたしは開けて。

——あれKちゃん、どうしたの、こんな真夜中に。

Kちゃんは、

——ううん、なんにもないんだけどさ。

と言った。

これっていうのが、あの日、あの真夜中。
わたしがKちゃんについた嘘、というか、嘘みたいな態度。
続けます。

トントントーン。

あの日、あの真夜中。Kちゃんはわたしの部屋のドアをノックした。

トントントーン。

Kちゃんがノックしたドアを、わたしは開けて。

——あれKちゃん、どうしたの。

開けたとき、立っていたKちゃんを見つめながら。

——どうしたの、こんな真夜中に。

わたしは、この真夜中のこの瞬間まで。

Kちゃんのことなんて、忘れていたことに気がついた。

――あれKちゃん、どうしたの。

わたしは、これから先もこんな調子で。

Kちゃんのことなんか、いつか完全に忘れるんだろう。

なんて考えながら。

――あれKちゃん、どうしたの、こんな真夜中に。

とかすっとぼけて。

――あれKちゃん、どうしたの。

Kちゃんのことなんかいつか忘れて、彼女とは無関係に、唯、唯、あっけらかんと。安心しながら。

——どうしたの、こんな真夜中に。

何かを食べたり、誰かと寝たり、を人間という動物として、唯、唯、繰り返していくだけのくせに。

——あれKちゃん、どうしたの、こんな真夜中に。

Kちゃんは、

——ううん、なんにもないんだけどさ。

と言った。

これっていうのが、あの日、あの真夜中。
わたしがKちゃんについた嘘、というか、嘘みたいな態度。

そのあと。

Kちゃん。と少しだけたわいない話をして。
Kちゃん。をわたしは見送った。見送った。
Kちゃん。の後ろ姿はなんだか。なんだか。
Kちゃん。は一度だけ振り返って、笑った。
Kちゃん。は笑ったあと、真夜中に消えた。
Kちゃん。とはそれっきり。それっきりだ。

　わたしが住んでいるこの町には、湖があって。

あの日。あの真夜中。Kちゃんはわたしと別れたあと、湖に向かった。らしい。
あの日。あの真夜中。Kちゃんは湖のほとりに、靴だけ残して消えた。そうだ。

　あの日。あの真夜中。

ドアを開けたとき、立っていたKちゃんの表情を、わたしは。

——あれKちゃん、どうしたの、こんな真夜中に。

ドアを開けたとき、立っていたKちゃんの映像を、わたしは。

わたしは。

——ううん、なんにもないんだけどさ。

目蓋に、Kちゃんが浮かんだり消えたり。
浮かんだり消えたりして、眠たくっても。
眠たくっても、でも眠ることができない。

ある真夜中。

この町の、数ある真夜中にとっては、こんな真夜中、
たった一切れの真夜中だろうが、わたしにとっては、
こんな真夜中、されどやっぱり真夜中は、真夜中だ。

ある真夜中。

トントントントーン。

あの、ノックの音を。

トントントーン。

遮断、しなくちゃあ。

トントントーン。

いけない。　いけない。

眠れなくなる。　眠たくっても。
布団にするりとはいるものの。
眼をぎゅうっとつむるものの。
眠れなくなる。　眠れなくなる。

いけないいいけない。

と、繰り返す羽目になる。
　いけないいけない。
こんな繰り返しが、ずっと。
　　いけないいけない。

あお向け、うつ伏せ。あお向け、うつ伏せ。
繰り返したって、もうずっと。
　トントントーン。
Kちゃんから逃げるかのように。
　トントントーン。

眠りにつこうとするけれど。

トントントーン。

Kちゃんはわたしを追いかけてくる。

トントントーン。

Kちゃんについて、保留をかけたい。
保留しないと、眠れないから。
眠たくっても、眠れないから。
だから、保留。かけてみたはいいが。

トントントーン。

保留した矢先に、保留先から漏れ出す真っ暗闇は、どぶどぶと。
またもやわたしを猛スピードで追いかけてくる。それ、まるで。
もののけ姫の、あのどす黒い、あれ的な。祟りなんちゃら的な。

トントントーン。

そんなもんに追われるもんだから、猛ダッシュで逃げるかのようにして。
または見て見ぬふりをするかのようにして。真夜中は、ついに方向転換。

えっと。

ではじゃあ、男の人ならこんな苛まれた真夜中をどうお過ごしになるのでしょうか。
男の人ならこんな苛まれてしょうがない真夜中には手淫でもして自らを慰めるのか。
つーか、男の人って、どういったタイミングで手淫し始めるのか。どうなってんの。

えっと。

よっしゃ、手淫でもすっか。ってな具合で。

えっと。

いっちょ、手淫でもすっか。ってな按配で。

えっと。

気分の節目を狙って摩擦を開始するのでしょうか。つーか、えっと、どうなってんの。

まあどうであれ、それって行為のきっかけってのは、すごく妙。不可思議であるよな。

わたしには男の人ほどの突起がないからか。

いやでもたとえあれほどの突起があるとしても。

そういえばわたしは幼稚園児くらいのとき、わたしについている小さな突起を眺めながら、

これはいつかぐんぐん成長して、男の人ほどの立派な突起になるのだと信じていたっけか。

いけないいけない。

こんなことを考え耽っていたら、ますます眠れないじゃないか。

わたしは今、眠たいんじゃないか。

いけないいけない。

いけないムードが身体中に、蔓延。そして胸焼け。眠れない。眠たくっても。眠れない。


いけないいけない。


状態をゼロに。しなくては。でも、ゼロに、って。それってゼロに近づこうとしているだけで。

やっぱりイチだよね。だからもう状態は、イチ。と進めちゃってるよね。じゃあ何故、イチか。


いけないいけない。

イチ、と進めるのは、Kちゃん。

Kちゃん。の映像が目蓋に貼りついて離れないからだ。
Kちゃんの呪縛から逃れようと、
羊。羊なんかを数えてみる。
羊。羊なんかを数えたって。

眠れないよ。眠れるわけがなくって。

羊なんか効くわけなくって。
羊を数えることすらやめた。

今夜はいよいよ、眠れないのかしらね。
眠れないいまま、朝を迎えるのかしらね。

遠くで貨物列車が走っていくのがわかる。

このままずっと眠れないんじゃないか。
そう錯覚してしまって、ちょっとだけ。

ちょっとだけ、涙目になりながら。

こんな真夜中に、朝は訪れるのでしょうか。

このまま夜が明けないまま、朝になるのでしょうか。

でも、やっぱり朝は訪れます。
湖にも。この町にも。朝は訪れます。
でも、その朝は、本当に朝なのでしょうか。
でも、もう少しで、やっぱり朝は訪れます。

わたしは、わたしたちは、終わらない真夜中を終わらせなくてはいけません。

でもでも、真夜中は、やっぱり全然、終わる気がしません。
でもでもでも、わたしたちは、終わらない真夜中を終わらせなくてはいけません。

朝に向かって。終わりに向かって。

続けます。

トントントーン。

羊なんかじゃあ。

トントントーン。

この、リズムは。
トントントーン。
上塗りできずに。
トントントーン。
目蓋に映るのは
トントントーン。
Kちゃんの映像。
Kちゃん。

と、わたしはあの頃。帰る道が一緒で。

Kちゃん。

と、わたしの関係については、それだけで済まされてしまうというか。

説明がついてしまうというか。


あの頃。帰り道。


──わたしは昔っからマイペースだね。とか、天真爛漫だね。とか、周囲に言われがちなんだよね。

──うんうん。

──んなこと周りに言われても、わたしじゃあわたしのことなんて。或いは、わたしがどんな人間であるかなんて。さらには、わたし自身とはじゃあなんぞや。ってところまで行き着いちゃう、わけ。

──そうだね。そうだね。

──そんなこと、説明できっこないよね。

なんて。そんなことをたしか、わたしに話してくれたのは、Kちゃん。だった。

あの日。放課後。

わたしは部活の前に突然、生理になっちゃって。ジャージ汚しちゃって。部活休むって、なって。

なんでそんなことで部活休むとかってことになるわけ。それが許されるのなら、ありとあらゆる色々を休みまくれるよね。例えばバンドが、先程、わたくし、生理になりましたので本日をもって活動休止します、とかってことにはならないでしょ。ナンセンスとは、このことだよね。

とか。わたしに言ってくる先輩に、Kちゃんは。

——引き合いに出されてる例え話の規模が、今日の彼女の突発的なこれとは、合わなすぎや、しませんか。

——は。

——だって、ですよ。彼女は今、ただ単にもう具合悪くって。得体の知れないバンド云々の話じゃあ、なくないですか。

——は。

——彼女は今、速効性のある休息を欲しているのですよ。だから、帰してあげてください。

——は。

——じゃあ先輩は具合悪くても部活やるんですか。

——やるけど。

——それはなんで。

——は。

——具合悪くてもやらなくちゃいけないことってあるんですか。

——は。

——わたしにはわかりません。

——どゆこと。

——それに値するモノがこの世の中にあるとして。わたしはそれをまだ見つけられていません。

——は。なんなの。マジ生意気なんだけど。めんどくさ。まあいいや。帰ってよし。


それで、帰り道。


——わたしは昔っからマイペースだね。とか、天真爛漫だね。とか、周囲に言われがちなんだよね。

——うんうん。

——んなこと周りに言われても、わたしじゃあわたしのことなんて。或いは、わたしがどんな人間であるかなんて。さらには、わたし自身とはじゃあなんぞや。ってところまで行き着いちゃう、わけ。

——そうだね。そうだね。

——そんなこと、説明できっこないよね。

——まあ、まあ、ね。

Kちゃんは話しながら、隣りで泣いているようだった。泣いているようだったんだ。

——このまま、生理だのなんだのって繰り返してさ。さっきのクソみたいな先輩と同じ年齢になったりさ。

——うんうん。

——もっといくと、先生だとか親だとかと同じ年齢になっていく、わけでしょ。それって、さ。

——そうだね。そうだね。

——進めば進むほど、ますます、わたし自身とはじゃあなんぞや、への回答が。ぼやけていくようで。

——まあ、まあ、ね。

夕暮れ時だった。

それからKちゃんちまで、無言で歩いたんだっけな。
Kちゃんは、オレンジ色の逆光の中に消えて行った。
あの頃。帰り道のKちゃんの映像が目蓋に。目蓋に。
そしてそれが滲んでゆっくりと消えた、そのあとも。

目蓋に。目蓋に映ったのは、やはりKちゃん。Kちゃん、の映像だ。

トントントーン。トントントーン。

Kちゃん。
を、追憶する加速度が増せば増すほど、真夜中はノンストップで進行していく、よう。

トントントーン。トントントーン。トントントーン。

Kちゃん。

は、真夜中の底にずぶずぶとわたしを誘っていく、よう。

トントントーン。トントントーン。トントントーン。トントントーン。

Kちゃん。

は、油断しているとすぐに、わたしの真夜中に付け込んで。

いけないいいけない。いけないいいけない。

と、支配しながら、わたしの真夜中を、引き伸ばしていく。

トントントーン。トントントーン。トントントーン。トントントーン。トントントーン。

あの日、あの真夜中。Kちゃんはわたしの部屋のドアをノックした。

トントントーン。

真夜中がまるで、あの、ノックの音に、

トントントーン。

凝縮されていく、よう。

トントントーン。

Kちゃんがノックしたドアを、わたしは開けて。

――あれKちゃん、どうしたの、こんな真夜中に。

Kちゃんは、

――ううん、なんにもないんだけどさ。

と言った。

これっていうのが、あの日、あの真夜中。
わたしがKちゃんについた嘘、というか、嘘みたいな態度。
続けます。

トントントーン。

あの日、あの真夜中。Kちゃんはわたしの部屋のドアをノックした。

　トントントーン。

Kちゃんがノックしたドアを、わたしは開けて。

——あれKちゃん、どうしたの。

開けたとき、立っていたKちゃんを見つめながら。

——どうしたの、こんな真夜中に。

わたしは、この真夜中のこの瞬間まで。
Kちゃんのことなんて、忘れていたことに気がついた。

――あれKちゃん、どうしたの。

わたしは、これから先もこんな調子で。
Kちゃんのことなんか、いつか完全に忘れるんだろう。
なんて考えながら。

――あれKちゃん、どうしたの、こんな真夜中に。
とかすっとぼけて。

――あれKちゃん、どうしたの。
Kちゃんのことなんかいつか忘れて、彼女とは無関係に、
唯、唯、あっけらかんと。安心しながら。

——どうしたの、こんな真夜中に。

何かを食べたり、誰かと寝たり、を人間という動物として、唯、唯、繰り返していくだけのくせに。

——あれKちゃん、どうしたの、こんな真夜中に。

Kちゃんは、

——ううん、なんにもないんだけどさ。

と言った。

これっていうのが、あの日、あの真夜中。

わたしがKちゃんについた嘘、というか、嘘みたいな態度。

そのあと。

Kちゃん。と少しだけたわいない話をして。
Kちゃん。をわたしは見送った。見送った。
Kちゃん。の後ろ姿はなんだか。なんだか。
Kちゃん。は一度だけ振り返って、笑った。
Kちゃん。は笑ったあと、真夜中に消えた。

Kちゃん。とはそれっきり。それっきり。それっきり、Kちゃんは――

――こんな真夜中に、朝は訪れるのでしょうか。

眠たくって、でも、眠れなくって。

眠れなすぎるので、布団から出て。

——このまま夜が明けないまま、朝になるのでしょうか。

牛乳でも飲もうかな。なんて考えながら。
でも、飲んだらお腹くだすよな。なんて。

——でも、やっぱり朝は訪れます。

眠たい眼を擦りながら。擦っても。
目蓋のKちゃんは消えてくれない。

——湖にも。この町にも。朝は訪れます。

ちょっとだけ、涙目になりながら。

――でも、その朝は、本当に朝なのでしょうか。
――でも、もう少しで、やっぱり朝は訪れます。

だからわたし、牛乳飲むのはやっぱりやめて。
部屋から外へ出て、湖を目指して歩き出した。

――わたしは、わたしたちは、終わらない真夜中を終わらせなくてはいけません。

木々の影が人影の、よう。歩きながら、まるで、この真夜中に。
この町全体に、耳を澄ませている、よう。

――でもでも、真夜中は、やっぱり全然、終わる気がしません。

この町の、数ある真夜中にとっては、こんな真夜中、

たった一切れの真夜中だろうが、わたしにとっては、
こんな真夜中、されどやっぱり真夜中は、真夜中だ。

——でもでもでも、わたしたちは、終わらない真夜中を終わらせなくてはいけません。

Kちゃん、わたしたちはあの頃、セーラー服を着ていたんだっけか、忘れちゃったよね。

——わたしたちは、真夜中を抜け出せるのでしょうか。

もうすぐ、湖に辿りつく。

——朝に向かって。終わりに向かって。

わたしは、歩いている。

水面に反射する歪な光が眩しい。
朝を、歩こう。

プールにまつわる、エトセトラ

飛び込み台、の上にて。

水面を。

たまに前屈、しながら。

ゆらゆらを。眺めている。

――早く。飛び込んでよ。

背後から。そう言うのは。

N子ちゃん。

――早く。飛び込んでよ。

N子ちゃん。とは。

古くからの。
お付き合い。
てゆっても。
一〇年とか。
そんくらい。

N子ちゃん。との。
お付き合い。には。
正直ゆって。全く。
ほとほと。飽き飽き。している。

こないだも。

——腐れ縁って、このことだよね。
なんて言われて。
——そうだね。私たち。腐れ縁ね。
と返事をすると。
——早く、クラス替えしたいわよ。
なんて言うから。
——私はクラス替え。嫌いだなあ。

と、切り返してみたのだった。

——私はクラス替え。嫌いだなあ。
——なんでよ。
——新しくなるって。怖いでしょ。

——そうかな。
——それにやっぱり。寂しくない？
——なにがさ。
——クラスが別々に。なるのはさ。
——いや全然。

N子ちゃんは。こう。

——いや全然。
こう言ったのだった。
——いや全然。
ごめん。あの時わたし嘘ついた。
——いや全然。
なんて言われて。気がついたよ。

——私はクラス替え。嫌いだなあ。

とか、切り返してみたのだけど。

ほんとはわたし、クラス替え。すっごくしたい。
それで、N子ちゃん。あなたと別々のクラスに。
離れ離れのクラスに、すぐにでも。なりたいわ。

——私はクラス替え。嫌いだなあ。
とか言って。なんなんだよ、わたし。
——新しくなるって。怖いでしょ。
とか言って。ほんと、ぞっとするわ。

わたしは、いつも、こうなのだ。
本音を本音として。言えぬまま。

偽ったまま。関係を続けられる。
それをN子ちゃんは、昔っから。
まるで見透かしてるようなのだ。

　だからわたしは。

クラス替え。すっごくしたい。

　自分を保つため。
N子ちゃん。あなたと別々の。離れ離れのクラスに。
　あなたといたら。
まるでわたしは透明人間になってしまうようなのだ。
　だからわたしは。
すぐにでも。なりたいわ。あなたと別々のクラスに。

ごめん。ごめんね。N子ちゃん。
わたしは、いつも、こうなのだ。
わたしはわたしの保身のために。
わたしはあなたのその眼差しに。
ほとほと。飽き飽き。している。

——早く。飛び込んでよ。

背後から。N子ちゃんが。

——早く。飛び込んでよ。

ひたひたと。ゆるやかに。
　打ち寄せる。
波の音。ならぬ。水の音。

聞きながら。
塩素の匂いが。充満する。
ここ。市民、プール。
——早く。飛び込んでよ。
急かされても。もういちど。
前屈してから、飛び込もう。
そう決めた。ある昼下がり。だったたっけ。
——水泳キャップで、髪を押さえつけているから、こめかみが痛いですなあ。
——でも。水泳キャップをしなくっちゃ、塩素で髪の毛が傷むって聞くわよ。

なんて会話をしている、

見るからに、わたしより年上の。極彩色の水着を身に纏う、二人組が。

——いや。つけていたって、髪の毛がきしきしすることには変わりないわよ。

——そうかしら。幾分違うんじゃないかと、わたしは信じているのだけれど。

なんて会話をしながら、

飛び込み台のうしろ、即ち、わたしと。急かすN子ちゃんのうしろを。

通り過ぎた。

知ったこっちゃないわ。

そもそも、塩素で髪が傷むことを気にするくらいなら来なくっていいじゃないか。

だいたい、わたしと同い年の子たちはあんな極彩色の水着なんかは身に纏わない。

みんな、おんなじ、紺色の。
いわゆる、スクール、水着。
を、わたしたちは身に纏う。

ちょっと、まあ、とりあえず、ここらで。

わたしとは、じゃあなんたるやを説明致します。
わたしが通っているのは、中高一貫の女子校で。
わたしはそこで、高校二年をやってるっていう。

わたしはわたしがこれから。一体。何色になるのか。わからないでいるっていう。

わたしはつまり、そういうわたくしであります。
わたしはわたしを、わたしわたしと考えすぎて。

わたしにまみれて、わたしはわたしに埋もれて。

ついには。

わたしは、わたくしによって消されてしまいそうだ。

正しくは。

わたしは、わたくしによって失くされてしまいそう。

あるいは。

わたしは、わたくしによって殺されてしまいそうだ。

そんな錯覚に最近は苛まれてしまうのだ。

ちょっと、これは、さすがに、あれだな。

あんまりだな。という女子校ならではの、お話。

スクール、水着、にまつわる女子校ならではの。

ひとつめ。

――水着はそうそう、当たり前のようだけど。中学に入学したときに、買うのね。

――はいはい。

――それをずっと。そうそう高校卒業まで六年間。大体の人は、使い続けるのね。

――嘘。マジ。

――まあこれも、当たり前のようだけど。入学から、身長伸びてるわけだからね。

――だよねえ。

――人によっては、無理矢理。水着を縦に伸ばしすぎて。透けちゃってる子もね。

――え。マジ。

――いるね。これ、ホント。お腹らへんがシースルーのように透けちゃってるの。

――ウケるね。

――ウケるでしょ。もうだから伸び伸びなわけよ。高校卒業時には。水着なんて。

――泣けるぜ。

こんなしょうもない話を、聞いてくれてたのは。
このあいだ正式にお別れをした他校の、男の子。

もひとつ。

——わかると思うけど、胸ってね。中学生でも未発達な子は、未発達なわけなの。
——うんうん。
——スクール、水着。と胸カップってだから。別売りになってるわけなんだけど。
——あ、そう。
——うちの学校は胸カップ。大体の人は、つけないまま。そのまま水着を纏うの。
——え。マジ。
——だから身体のフォルムが、そのまま。胸の輪郭が、そのまま剥きだしなわけ。
——嘘。マジ。
——だってたぶん。胸が発達しても、それに。自意識がついてかないんだろうね。

――どゆこと。

――もともとしていなかったことを、改めて。始めるって、大変なことでしょう。

――そゆもん？

彼はきょとんと、こんなにもしょうもない話を。

聞いてくれるような、唯の愚直なバカであった。

続けると。

――でも。これって異常だよね。ってわたし。気がついたの。体育教師は男だし。

――はいはい。

――それでまあ。試しに胸カップ。買ってみようか。どうしようか。ってなって。

――うんうん。

――というわけで。みんなに隠れて。一人で購買へ。胸カップを買いに行ったの。

――は。マジ。

　というわけで。

みんなに隠れて。
（購買に行ったことなんて。すぐにみんなにバレてしまうのに。）
一人で購買へ。
（購買なんて。弁当を忘れた人が弁当を買いに行くか。それか。）
胸カップを買いに。
（そう。胸カップを買いに行くか。くらいしか用がない場所だ。）
狭い購買の中。うろうろとしながら。品定め。
へえ。ふうん。胸カップって８００円なんだ。

——別になにも見るべきものはないのに。

レジスターの横。購買のおじさんが座ってる。
おじさんは。うとうととしていた。それでも。

——わたしは。彼と。目が合う気がして。

購買の中。うろうろとするのは、もうやめて。
胸カップ。買おうという決意も、もう萎えて。

わたしは購買を。
(みんな。わたしが購買に行っていたこと。うわさするのかな。)

あとにした。

——というわけで。みんなに隠れて。一人で購買へ。胸カップを買いに行ったの。
——は。マジ。

――別になにも見るべきものはないのに。狭い購買の中を。うろうろとしててね。

――うんうん。

――で。購買のおじさんが。レジにいてさ。わたしは。彼と。目が合う気がして。

――はいはい。

――だからわたし。胸カップは結局。買わずにね。購買を。あとにしたんだよね。

――え。何故。

気がついてしまったのだった。

胸カップをつけることのほうが、恥なのだと。

気がついてしまったのだった。

わたしはまだ。自分の胸が発達してしまった。という事実を認めたくはない。ということを。

気がついてしまったのだった。

胸カップをつけるということは、その事実を。

認めてしまうような気がする。

ということに。

わたしはわたしがこれから。一体。

何色になるのか。

わからないでいるっていう。のに。

気がついてしまったのだった――

飛び込み台、の上にて。

水面を。

たまに前屈、しながら。

ゆらゆらを。眺めている。

――早く。飛び込んでよ。

背後から。そう言うのは。

　N子ちゃん。

――早く。飛び込んでよ。

ごめん。ごめんね。N子ちゃん。
わたしはあなたのその眼差しに。
ほとほと。飽き飽き。している。
——水泳キャップで、髪を押さえつけているから、こめかみが痛いですなあ。
——でも。水泳キャップをしなくっちゃ、塩素で髪の毛が傷むって聞くわよ。
はあ。まったく。うざったい声だなあ。

——いや。つけていたって、髪の毛がきしきしすることには変わりないわよ。
——そうかしら。幾分違うんじゃないかと、わたしは信じているのだけれど。

見るからに、わたしより年上の。極彩色の水着を身に纏う、二人組が。
飛び込み台のうしろ、即ち、わたしと。急かすN子ちゃんのうしろを。

通り過ぎた。

わたしはどんなに歳食っても。どんな苛酷な未来に突入したとしても。
あんなおちゃらけた極彩色の水着を身に纏っているお前らみたいには。

絶対ならん。

化粧が落ちて、目の下が黒ずんでんだよ。
市民プールにはすっぴんでお願いしたい。
あらゆる汚らしさが付着したような醜さ。

はあ。まったく。うざったい色だなあ。

その声。その色。悪趣味極まりないこと。

そのことにお前らは気がついているのか。

どうなのか。

わたしはわたしの美意識のみを。信じて。
潔癖貫いて。わたしはお前らみたいには。

絶対ならん。

塩素で髪が傷むことを気にするくらいなら来なくっていいじゃないか。
わたしと同い年の子たちはあんな極彩色の水着なんかは身に纏わない。

みんな、おんなじ、紺色の。
いわゆる、スクール、水着。
を、わたしたちは身に纏う。

胸カップも入っていない。煤けた紺色のスクール水着のわたし。
飛び込み台、の上にて。水面を。たまに前屈、しながら。ゆらゆらを。眺めている。
わたしの色と相反した色の二人組はプールサイドを歩いていく。

知ったこっちゃないわ――

わたしはわたしがこれから。一体。
何色になるのか。
わからないでいるっていう。のに。

でも。

わたしがなりたいわたしはあんな色をしていない。
あんな極彩色の水着のような。あんな悪趣味な色。
わたしは絶対に。ああいう姿に変色したくはない。

でも。

わたしはわたしがどうなっていくのかわからない。
わたしはわたしがこれから。何色に変色するのか。
わからない。わからない。わからないでいるんだ。

わたしわたしと考えすぎて。
わたしはわたしにまみれて。
わたしはわたしに埋もれて。

わたしは、わたくしによって消されてしまいそうだ。

わたしは、わたくしによって失くされてしまいそう。
わたしは、わたくしによって殺されてしまいそうだ。
わたしは。わたしは。わたしは。わたしは。

そんな錯覚に最近は――

N子ちゃんが。背後から。
――早く。飛び込んでよ。
急かされても。もういちど。
前屈してから、飛び込もう。
そう決めた。

ある昼下がり。だったっけ。

排水ダクト。に、溜まった。ヘドロが。
見たこともない色に。変色。している。

わたしはそれを。見つめながら。あの日のことを。

そうだ。そうだ。そういえばこないだ。
プールをあがったあと。N子ちゃんと。

隣り合わせで。シャワーを浴びているときだった。

あの日のN子ちゃんはどこか怠そうで。
おたまじゃくしを触った手でプリンを。

食べたから、だから。胃腸炎になった。
らしくって。朝から怠そうにしていた。

水着の隙間にはいった温い水が耐えられないのは。
例えば黒板を引っ掻く音が耐えきれないと同じで。

プールをあがったあと。N子ちゃんと。

隣り合わせで。シャワーを浴びているときだった。

——あのさあのさ。プールのシャワーってなんか汚いよね。
——わかるわかる。プールのシャワーってタイル冷たいし。

なんて話をしていたら。

――だよねだよね。水着つけたまま浴びるの気持ち悪いし。
――そうなのよね。水着の隙間に温い水がはいってくるし。

N子ちゃんのお股から。

血が。

――あのさあのさ。プールのシャワーってなんか汚いよね。
――わかるわかる。プールのシャワーってタイル冷たいし。

N子ちゃんのお股から。

――だよねだよね。水着つけたまま浴びるの気持ち悪いし。
――そうなのよね。水着の隙間に温い水がはいってくるし。

血が。

血が。流れたのだった。

わたしはそれをじっと見ていた。
血はシャワーの温い水と混ざり。

薄い。赤色になって。

N子ちゃんの足をつたっていく。
冷たいタイルは次第に赤く変色。

していく。のだった。

排水ダクト。に、溜まった。ヘドロが。

見たこともない色に。変色。している。
そう。変色していく。
わたしたちの日常はどんどんと。変色していく。
N子ちゃんのお股から流れた血は。にぶい色を。
　していた。
わたしはそれをじっと見ていた。
N子ちゃんは決まりが悪そうに。
　している。
N子ちゃんの血が足をつたって。

冷たいタイルは次第に赤く変色していく。

N子ちゃんがわたしを見つめる。なにか。言ってほしい。ような。
——あのさあのさ。プールのシャワーってなんか汚いよね。
そんな眼で。わたしを見つめる。なんか。なんにも。言えないよ。
——わかるわかる。プールのシャワーってタイル冷たいし。
ごめん。ごめんね。N子ちゃん。わたしは、いつも、こうなのだ。
——だよねだよね。水着つけたまま浴びるの気持ち悪いし。
N子ちゃんは昔っからわたしを。まるで見透かしてるようなのだ。

——そうなのよね。水着の隙間に温い水がはいってくるし。
だからわたしは自分を保つため。
わたしはわたしの保身のために。
——あのさあのさ。プールのシャワーってなんか汚いよね。
わたしはあなたから目を背ける。
あなたといたらまるでわたしは。
——わかるわかる。プールのシャワーってタイル冷たいし。
透明人間になってしまうようだ。
あなたはわたしを映す鏡のよう。
——だよねだよね。水着つけたまま浴びるの気持ち悪いし。
だから。わたしは。あなたから。
逃げなくちゃ。いけないのだよ。
——そうなのよね。水着の隙間に温い水がはいってくるし。
わたしはあなたのその眼差しが。
たまにすごく痛くて。仕方ない。

N子ちゃんのお股から。血が。流れたのだった――
わたしはそれをじっと見ていた。血はシャワーの温い水と混ざり。
薄い。赤色になって。
N子ちゃんの足をつたっていく。冷たいタイルは次第に赤く変色。
していく。のだった。

結局。わたしは彼女に。何も言えずに。見て見ぬふりをして。シャワールームをあとにした。

成虫になる前の。蛹の中の幼虫は。ゲル状に溶けている。らしい。
幼虫の頃の色を。蛹の中でドロドロと捨て去って。そして成虫に。

成虫の色に。なるのだと。わたしは漠然と想像している。

わたしもN子ちゃんも。これから。煤けた紺色に。いろんな色を。極彩色の水着の。あの二人組のように。上塗りしていくのかなあ――

わたしはわたしがなりたい色に。なれるのかなあ。どうかなあ――

――水着はそうそう、当たり前のようだけど。中学に入学したときに、買うのね。
――はいはい。

こんなしょうもない話を、聞いてくれてたのは。
このあいだ正式にお別れをした他校の、男の子。

――わかると思うけど、胸ってね。中学生でも未発達な子は、未発達なわけなの。
――うんうん。

彼はきょとんと、こんなにもしょうもない話を。

聞いてくれるような、唯の愚直なバカであった。
――だからわたし。胸カップは結局。買わずにね。購買を。あとにしたんだよね。
――え。何故。

気がついてしまったのだった。

わたしわたしと考えすぎて。いることに。
わたしはわたしにまみれて。いることに。
わたしはわたしに埋もれて。いることに。

わたしは、わたくしによって消されてしまいそうだ。
わたしは、わたくしによって失くされてしまいそう。
わたしは、わたくしによって殺されてしまいそうだ。

だから、わたしは。
彼に向けて。こう。
こう。続けたんだ。

わたしにとってわたしって存在は。常に。ひたと。
ひたと。わたし自身にくっついているわけだよね。

例えば。

あなたのことを好きになるように。

同様に。

わたしはわたしのことを好きになんかなれない。ですよね。

例えば。

あなたのことを嫌いになるとして。

同様に。

わたしはわたしのことを嫌いになんかなれない。ですよね。

なぜなら。

わたしにとってわたしって存在は。常に。ひたと。
ひたと。くっついて。死ぬまで。つき纏うもので。

容易に。

あなたを好きになったり嫌いになったりするのと。

同様に。

わたしはわたしを好きになったり嫌いになったり。
できないでしょ。そうでしょう。

どうにか。

あなたを切り離すことはできても。

簡単に。

わたしからわたしを。切り離すことは。
できないでしょ。わかるでしょう。

つまり。

いくら。なにを。どう足掻いたって。
あなたとわたしは。他人なのだから。

やはり。

わたしはわたしのことしか。
知ることができないんだよ。

同様に。

――ここまで聞いて。彼はこう。こう言ったんだ。

ぼくは。ぼくのことしか。って。そういうわけでしょう。

――これがわたしと彼の。正式にお別れした瞬間。

こうして、わたしたちは。

わたしとあなたで隔たれた。

わたしはわたしのことを。

――わたしは。わたしは。わたしは。わたしは。と。

言い放っただけ。だけど。

我ながら。

いいお別れが、できた。

　　そう思う。

飛び込み台、の上にて。

水面を。

たまに前屈、しながら。

ゆらゆらを。眺めている。

――早く。飛び込んでよ。

背後から。そう言うのは。

　N子ちゃん。

――早く。飛び込んでよ。

ひたひたと。ゆるやかに。

　打ち寄せる。

波の音。ならぬ。水の音。

　聞きながら。

塩素の匂いが。充満する。

　ここ。市民、プール。

――早く。飛び込んでよ。

急かされても。もういちど。
前屈してから、飛び込もう。

そう決めた。

ある昼下がり。だったっけ。

おおきく深呼吸。ゆっくり。
もういちど。前屈してから。

——早く。飛び込んでよ。

N子ちゃんの声は、なにやら。
泣いているように。聞こえた。

——わかったよ。飛び込むよ。

いよいよ、ゴーグルを。装着。

そして。わたしは。

ついに、プールに。ゆらゆらに。飛び込んだ——

わたしの、
身のまわり。
そして、ささやかな現象。

音

音をきいたのは、眠るまえだったとおもう
きょうもいちにち、ひとつひとつがまた重くなったから
隙間のなかに、するりと横になって　わたし
つなぎめからつなぎめへ、順々に
重くなったもの、軽くしていくように
かたくなったところ、やわらかくして
引力にさからって、こわばっていたね
うえへむかう矢印を、まぎゃくに
本来があったのなら、本来に従順に　底へ　底へ
ひとつひとつ　また重くなった
それらを丁寧に、ほどいていくようなかんじで

「きょうもいちにち、おつかれさま」

わたしは、わたしに云うのだった

「きょうもいちにち、おつかれさま」

云うわけでもなく、云うのだった
そして　とけていく　わたしのなかに　とけていく
その何秒間かの時間のなかで　気がついたことがあったのだった

＊＊＊

たえまなく、わたしはなにかをきいている
この耳で　わたしはなにかを、たえまなく
換気扇の音がするのは、もうずっとそうなのは　わかっている

だってすこしまえから、ちょっとだけ調子がわるいから
トイレの電気をつけたら、脱衣所の換気扇も、なぜだか同時に　ついちゃうんだ
終電がおわったら、ふつうなら線路はおだやかに　しずまりかえるはずなのに
そうはならない
そのわけだって、わかっている　さいきんはもうずっとそうなのだ
終電がおわったとたん　ヘルメットの彼らがどこからともなくやってきて
点検なんだか　整備なんだか　なんなのかよくわからないけれど
彼らなりに　そろりそろりとひそひそ声でやってるつもりなのだろうが
わたしには　きこえている
たえまなく　きこえている
ねこが鳴いている　それだってきこえている
ねむれないカラスが鳴いている　それだって

＊＊＊

生活していて　自ずと
耳にはいっていない、ことにしているいくつかの音が　あるらしい
けれども、今夜は
なぜだか、すべて
すべてが、きこえる　気がする

＊＊＊

「きょうもいちにち、おつかれさま」

今夜も、そう云う
「きょうもいちにち、おつかれさま」

わたしはわたしに

そう云うのだった
そして　とけていく　わたしのなかに　とけていく
その何秒間かの時間のなかで
わたしには　きこえている
たえまなく　きこえている
この世界の　ぜんぶの音が
わたしのなかと　その外側　ぜんぶの音が、きこえている
きょうもいちにち、ひとつひとつがまた重くなった

球体

窓辺のカーテンレールに、ほそい透明な糸で　むすんで
わたしの中指と親指を、こうやって　つたって

みっつ、降りてった　先端に
もう、何年経つだろうか
ぶらさがりつづける、たったひとつの　ビー玉

＊＊＊

きょうもやっぱり　日が沈むころ
まるで決まりごとのように　さしこむひかりが
ちょうど　ビー玉をつらぬくとき
ひかりは　きりりりと
なかみで、はじけて
そして　ささやかに反射すると
音よりもずっと速いスピードで
部屋中に、ちいさな虹色の影をつくって　いくつも、つくって
それらはゆらゆら　たゆたって

「ここに座っている、わたしの手のひらまで　届く?」

届かない

届かない　虹色の影

＊＊＊

ビー玉を買ったのは　海がもう目のまえの、ちいさなカフェで

となりには、まえのまえの彼氏がいたとおもう

彼はカフェとかそういうの、調べちゃうようなひとで

彼が調べて、よさげなところに　わたしたち、ふたりは　週末に

足をはこぶのだけれど　彼はそこに着いてしまうとちっとも、たのしそうじゃない

もう　つぎはどのカフェに行こうか　みたいなはなしを、しはじめたり、とか

いま、いる　ここのことは、もう　どうでもいいような表情をしているから

それはどうしてなの、と尋ねると　ほとんど無視くらいなかんじで

「いや、わからないとおもうよ」

そういう、一言を　云うだけで

「いや、わからないとおもうよ」

というのは　つまりは、じぶんにわかっているおおくのことは
わたしにはわからない、とされているわけで
とてつもない諦めが、その一言には在るのだ
それっていうのは、わたしをバカにしているの、と尋ねたい気持ちは
あのころは、うちがわで　抑えていた
それっていうのは、わたしをバカにしているの、と云ってしまったら
たぶん　わたしは捨てられるのだろう、と　そういうのが働いてしまったのだろう

あのころは、内側で　抑えてしまっていた
それくらい、若かったんだ　わたしは　わたしたちは、あのころ

＊＊＊

それでも、二回くらい　あの
海がもう目のまえの、ちいさなカフェに　行ったとおもう
そこで買ったのが　このビー玉
なかに絵の具ははいっていない
ただ　ただ　透きとおった　ビー玉
日が沈むころ　ひかりをたくさん吸いこんで
部屋中に　虹色の影を散りばめる

「ここに座っている、わたしの手のひらまで　届く？」

届かない
届かない　虹色の影

＊＊＊

このこと
この　ひかりのこと
あのころのわたしは知らなかった　知ろうともしなかった

椅子

そして、わたしはすわっている
この部屋の　窓よりすこし　はなれたところ

だいどころが、すぐそばの
本棚が、すぐ　背後にある
すみっこと云えば、すみっこに
そして、わたしはすわっている

＊＊＊

ひとのこと　やっぱりどうも、うまくいかない
なにを話しても　なんにも伝わらないし
だからきっとわたしにも　なんにも伝わっていない
話すことをやめたい
伝えることも　受けとめることも　ぜんぶやめたい
ポストに、たまる　手紙たち
いちいち、こわくて　手がつかない
封筒の色　高圧的なの、絶滅して？

着払い　こわい、お金ない

＊＊＊

数日前に買った
フィカス・ウンベラータが、もう死にそう
水を　やらなかったわけではない

むしろ

水を　やりすぎたのかもしれない
そういう調節　どうしてできるの
わからなすぎて　わたしが死にたい
浴室の　排水溝にたまった髪の毛が、変色しはじめた
生ごみに　こばえが、たかっていることくらい

わかっている

消臭剤に頼りたい　けど、頼りない
石鹸とか置くといいよ　じゃねーよ
石鹸をどこに置こうか　悩んでいるうちに日が暮れる

＊＊＊

そして、わたしはすわっている
（もう　この半径　数十センチだけが　わたしの居場所
わたしの部屋なのに――――）
この部屋の　窓よりすこし　はなれたところ
だいどころが、すぐそばの

本棚が、すぐ　背後にある
すみっこと云えば、すみっこに
そして、わたしはすわっている
（もう　この半径　数十センチだけが　わたしの居場所
わたしの部屋なのに――――）

＊＊＊

すわっていると　かおってくる
どこからか　魚を焼いたにおい
これを嗅いで　思い出すもの、たしかにあるけれど
わたしは　それどころじゃない
なにもかも　うまくいってない
もうだれとも　かかわれそうにない
コミュニケーション　とれない

ただ、黙って　すわっているしかない

雨

ひとつぶ　おちてきたのを、かんじた

瞬間

もう　そこからは、絶えまなかった
景色は　湿度、そのもので　遮られて
もう　ひとつぶは、おおきなひとつ
この、ぜんぶ　なにもかも、覆われた
わたしの視界　すみから、すみまで

これだけでしかない
これだけに、わたしは　洗われて
これだけに、わたしは　剥がされて

あたまから、はだと　はだという　すべて

＊＊＊

ぬけがら　わたしの、ぬけがら
こうして　脱皮して、わたしは
あたらしくなるかと、おもいきや
それ以前と　それ以後で
ぜんぜん、変わりがない

＊＊＊

ひとつぶ　おちてきたのを、かんじた

　瞬間

もう　そこからは、絶えまなかった
景色は　湿度、そのもので　遮られて

　覆われて
　洗われて
　剥がされて

本

きのう
ああやって云われたのは　なぜだろう
なんで
この本、貸してきたんだろう
なんで
割り勘じゃ、ダメだったんだろう
なんで
おごってくれちゃうんだろう
わたし
きのう、給料日だったのにさ

＊＊＊

払いたいときだって　ある

たしかにわたしは女子だけれど
払いたいときだって　ある
男子だから　女子だから　だなんて、関係なしに
払ったほうが　気持ちがいいときだってある
そもそも　なんで払ってくれちゃうの
払ってくれと　頼んでもない
払ってくれるほど　わたしたち
まだ　そんなに会っていない
わたし　あなたに、まだそんなに　こころ許していないし
そこまでの、準備　まだできていない
というか、それよりもなによりも
この本、貸してくれたのは　なんでなの
ここに書かれていること　わたし、足りてない？
なんで　本とか貸せるわけ？
わたし　きのう、給料日だったのにさ

これじゃあ、足りないわけ　お会計

影

こないだ　スターウォーズの、スピンオフのやつ
観たのだけれど
もちろんだけれど　素晴らしかった
そこで　描かれていたことは
父と子の、物語は　もちろんのこと
やっぱり　ひかりと　影の、関係

＊＊＊

ひかりが、あるから　影がある
影があるから　ひかりをあてる
ひかりがなくては　色も、ない
ひかりがあるから　みえてくる

こうして　ひかりと影は、追いかけあって
追いついて　抜かされて　追いこして　差をつける
そんな関係　いつまで、つづくのだろうか

＊＊＊

スターウォーズの、スピンオフのやつ
いっしょに観た　わたしと、彼の　はっきりとしない　この関係
追いついて　抜かされて　追いこして　差をつける
こんな関係　いつまで、つづくのだろうか

＊＊＊

ひかりが、あるから　影がある
影があるから　ひかりをあてる
ひかりがなくては　色も、ない
ひかりがあるから　みえてくる（ウソだ、ウソ　ウソ――――）

さとこの、
一週間。
愛したり、愛されたり。

月曜日

きょうも、やっぱり　朝がきた
わたしは　悩んでいた

＊＊＊

わたし　ひとよりも毛深い
うすうす気がついてはいたけれど　やっぱりそうだった
わたし　ひとよりも毛深い
もしかしたらお母さんよりも、　毛深い
毛深いのに　朝がきた
毛深くなってから　何度目の朝だろう

＊＊＊

「どうして、お母さん。毛深いわたしを産んだの」

ただしくは、ちがう
わたしは、さいしょっから　毛深いわけではない
写真をひっぱりだして見てみても　そんなことは、一目瞭然
わたしは、以前は　毛深くなかった
お母さんに抱っこされて
こっちを、きょとんと見つめる　ちいさなわたしは、毛深くなかった
腕の毛も　脇の毛も　もちろん下の毛も生えていなかった
髪の毛だって　禿げあがったおっさんみたいに、ほやほや　だった

でも、いまは

＊＊＊

きょうも、やっぱり　朝がきた
きょうも、やっぱり　わたしは毛深いのだろうか
目をそむけたい　けれどでも、これはどうしようもない事実、なのだ
毛深いわたしは、毛深いまま
きょうも　過ごしていかなくてはいけない

＊＊＊

「毛深いわたしは、ずっと毛深いままなの？」

起き上がって、すぐに
きのう沸かしてくれた　お風呂に浸かっている
このお風呂に浸かるのは　家族でわたしがいちばん、最後

わたしはいちばん最後が、でもむしろそれがいい
お湯が　ぬらっとしていて、肌にびりびりこないし
なんといっても、これで　最後
わたしが、栓を抜いて　お風呂を流してしまうのがいい
わたしは　誰かが浸かったあとのお風呂にはいるのは、ぜんぜん平気だけれど
わたしは　わたしがはいったお風呂に、誰かが浸かるのが
なぜだかなんだか　とてもいけないことをしてしまったような気がしてしまう
それがたとえ家族だとしても　申し訳ないような気がしてしまう
もっと言ってしまえば　恥ずかしい
ひとに　わたしのなにかが伝染していくような気がしてしまう
だからこないだの修学旅行のときはたいへんだった
そもそも大浴場ってだけで、もう　しかもわたしと同い年の子たちが
だってもう、とてつもない人数が
わたしがはいったあとの湯船にはいるのだから
あれは地獄絵図だ

わたしのなにかが、ひとに
ひとに、伝わり　染める

そんな残酷なことって、あるだろうか

＊＊＊

「わたしが毛深くなるって、一回でも予想できなかったの？」

湯船の底からお尻を浮かせて
毛の部分だけ　水面のちょうどすれすれのところまで、くるようにして
そして、ゆらゆらさせる
その様子を　わたしは目を細めて見つめるのだけれど
このときのわたしの姿って　とってもみっともないものなのだろう
顎をなくして　下の毛を見つめているのだから

しかも残念ながら　いつまでも見つめていることができる風景だ、これは
飽きないって　こんなにも切ないことなのだ
そのことを　わたしはわたしの下の毛の
水面すれすれの揺らぎによって、知った
飽きない　切ないどころか、悲しい　いつまでも見つめていることができる
山だの川だの海だのそういう風景なんて、何分も見ていられない
なのに、こんなに　こんなにも見つめていることができる、わたしの下の毛
朝のお風呂の、この雰囲気のなかで
まだカラダはすこしも起きていなくて
どうやって　きょうも動いていこうか
ゆっくりと　自分のカラダの可動を確かめている時間、なのに
だらりと　ぼんやりしたカラダとは裏腹に
アタマはとても明瞭に　わたしの眼球をつかって下の毛を捉えている
こんなに　こんなにも切ないことってあるだろうか

＊＊＊

「毛深くなるまえに、いっそのこと殺してほしかったわ」

森の香りの入浴剤
これのせいでもあるような気がしている
浴室内の雰囲気がまるで森じゃないか、これだと
なんだこの癒しの香りは
わたしのカラダは森ではないのに森みたいじゃないか、これじゃあ
こんなにも生えてしまった下の毛だけれど、森ではない
森ではないけれど、森のようでもある　こう見つめていると
ちいさな木こりがこのなかにいて
生活に必要な分の毛を　斧で切っていってくれないかな
生えてきたころは
発見してはいちいち抜いてみたりしていたけれど

やがて抜いてみたりできないくらいの速度で、猛烈に生えてきた
だから斧で切っていってくれないかな、ちいさな木こりが
森の侵略は、下の毛だけではない
つぎつぎと　わたしの至るところにわさわさと生い茂っては
跋扈する毛たち
もうこわいくらいの　毛による支配
わたしのアタマのなかも、毛まみれ
気にすることはといえば、毛のことばかり
密度としての毛の量も然ることながら、一本一本の太さ　つや
わたしの毛は、質も兼ね備えている
まったく必要のない、オプションまでつけやがって
どうしてくれるんだ

毛め

＊＊＊

「だってお母さんだって、毛深いわたしが醜いとおもうでしょう？」

なのに、お母さんは剃刀をわたしに買い与えてくれない
お母さんはぜったいに
剃刀をつかって
カラダの至るところ
手入れしているくせに
わたしの毛のことなんてどうだっていいのだろうか
お母さんは知らないことが、このままだと
増えていくとおもうよ
お母さん、このままわたしの毛を放置すると
増えていくとおもうよ
お母さんは知らないだろうけど、わたしをバカにする男子が

クラスにいるんだよ
わたしの背中の毛が渦になっていること、一部の男子が
バカにするんだよ
水泳の時間、だからわたしさいきんはけっこう
休んでいるんだよ
わたし、水泳は好きなのに　好きだったのに　さいきんは
休んだりしているんだよ
着ていない水着を、帰りに
濡らしているんだよ
プールにはいったふりをするために、水道のとこで
濡らしているんだよ
濡らしているとき、こないだすこし泣いたよ
ついに泣いたんだからね
お母さんはなんにも知らない、わたしのこと
わたしがなにに悩んでいるか

なんにも知らない

＊＊＊

水面に浮かぶ
一本のちぢれた毛
あれは、わたしの？
お母さんの？
まあいいや
栓抜いちゃおうっと

水曜日

「せめて、かっぱを着なさい。せめて、かっぱを着て、外へ出なさい」

傘をさすのがとても嫌いなわたしにそう言うのは
やっぱりお母さんだった

＊＊＊

きょうは雨だ　偏頭痛がする
雨はとても嫌いだ

「雨も雨でいいよね、わたし雨も好きだよ」

とか、言うやつ　クソかとおもう
雨なんか嫌い　それだけだ

＊＊＊

どしゃぶりのなか　わたしは外へ出ようとしていた
このままじゃダメだ
このままじゃダメだから　わたしは外へ出なくてはいけない
外へ出ないと変わらない　わたしはなにも変わっていかない

だから、外へ出る

「せめて、かっぱを着なさい。せめて、かっぱを着て、外へ出なさい」
「わかったよ」

お母さんから渡された雨合羽は　赤いタータンチェックので
とてつもなくダサいけれど
お母さんは　これを着なくちゃ外に出してくれないだろうから

だからしょうがなく羽織った
わたし、お母さんの顔を見ないようにしている

おととい　月曜日
学校から帰ってきて　お母さんに、言ってしまったことがあった

＊＊＊

「どうして、お母さん。毛深いわたしを産んだの？」

「毛深いわたしは、ずっと毛深いままなの？」

「わたしが毛深くなるって、一回でも予想できなかったの？」

「毛深くなるまえに、いっそのこと殺してほしかったわ」

「だってお母さんだって、毛深いわたしが醜いとおもうでしょう？」

わたしとしては　あらかじめ何を言おうか、準備をして言ったわけだから

なんてこともないのだけれど
あのときのお母さんの表情は　なんとも言えないかんじで
そういうふうな表情って　忘れられなくなるからやめてほしいかんじの
そういうかんじだった
わたしんちには　お父さんってひとがいない
ものごころついたときから、わたしはお母さんとふたりっきり
わたしはだから、お父さんなんてほんとうに存在していなくて
お母さんひとりだけ　ひとりだけによって産まれた
ってことをいまもまだどこかで　本気でおもっている
でも　いまは　なんだかこんなにも遠い

いつしか　こんなにも、遠くなってしまった　お母さん

＊＊＊

「他にもお母さんが知らないこと、たくさんあるよ。たくさんあるんだからね」

今朝　食卓テーブルのうえに、お金が置かれていた
わたしは　このお金で剃刀を買う　買いに行くんだ

「じゃあね。行ってきます」

振り返らない
わたしは変わる　お母さんの表情なんて気にしない　わたしは変わる

ザーザーザーザーザーーーーー

火曜日

クリーム色の遮光カーテンが
やわらかい光をたくわえて
あたたかくなっているのがわかる
窓側は直射日光は避けても　やっぱりだから暑い
席替えして窓側だと　死にたくなる
というか、死んだのかもしれない
死んだとおもって　しばらくは生きてみようか

金曜日

のことを、ぼんやりと思い出していた

四角く切り取られた、　ヒカリの連続が
すーっと一直線に
ひだりからみぎへ
流れていった
わたしはそれを　少し立ち止まって見つめていた

＊＊＊

ガードレールの表面を指先でなぞっていると　やがて
錆びたところの手触りがして
それが　鎖骨まで振動したようなかんじが
気持ち悪かった
鎖骨から
その裏っかわの、　肩甲骨まで
ぞわりとするとき

「あわわ・・・・・」

ちいさく　声が漏れる
すこしだけ漏れて
また口のなかに戻ってくる
声って
出て行くんじゃなくて
いつかまた戻ってくるような　気がする
これはもう、ある程度
ちいさいころから
だから、それをおもうと
声を出すって、作業は
ほんとうに
慎重に　行うべき作業だとおもう

だって　いつか戻ってくるんだから
出した声は
出て行きっぱなしだということは
あり得ないんだとすると
それって　こわいことだ
一生のうちで
出すことができる声の数って、じつのところ
決まっているのかもしれない
戻ってきてしまった声で
お腹がパンパンになってしまうことを　想像すると
涙が出そうになる

＊＊＊

あの　四角く切り取られたヒカリの連続のなかに

ぎゅうぎゅうに押し込められた
仕事帰りのおじさんたちの
お腹のあの膨らみは
いままで一方的に、発してきた声たちが
戻ってきてしまって
しかもその声たちは
良いか悪いかでいうと、悪い類の声たちのようにおもうから
身体のなかに　もどってきたときに
血流とよく混ざることはできなくて
重い脂肪となって　お腹あたりに淀みながら
溜まっていくのではないだろうか

＊＊＊

おしりをつかまれたことがあった　そういえば

ぎゅうぎゅうのなかで　わたしのおしりはつよめにつかまれた
友達から聞いて　おもっていたのとちがった
もっと、なんていうか　気づいたら撫でられていた　みたいな
それに　気づいたときに凍りつく、みたいな
そんなかんじだとおもっていた　でも、そのときのはぜんぜん
そのイメージとは、かけ離れていて
つよめに　つかまれた、痛いくらい
握力強いなあ　このひと
でも、なんでおしりをつかみたいのだろう　撫でたりとかも、なぜだろう
だって、おしりだよ？
おしりにどうして、そんなに触れたいの？
というかあなたは　つかんじゃってるし
ぎゅっとつかまれて　すこしして　わたしは自然とこう、つぶやいた

「さとしくんは、わたしのおしり、つかみたいとかおもうときがくる？」

あの声も　誰にも聞かれないくらいちいさくて
少しだけ漏れたあと　口のなかに戻ってきた

＊＊＊

裸足のまま、
踊る。

すたたん、たん。すたん。
たたたん、すたん、たん。
たたん。すたん、すこん。
すたすた、すたたん、た。
たたたた、たたん、たん。

たん。

着地。

土曜日

踊りの練習の　帰り道
木曜日のあの子が
まぼろしの白樺の森で　切り株に座って
わたしのほうを　やっぱり、じーっと見つめていた

＊＊＊

わたしは　彼女をいちど消してしまったから
見つめられても　どうしたらいいのか
わからないかんじがして　居心地が悪かった

まばたきを

何回かしてから　意図してすこし長めに
目をつむると、あの子が現れるのだ
それで、やっぱり　見つめあう
わたしのほうから、目を逸らす
こういうのって　わたしだけ？

木曜日

ここからとなりの学校の
しかもあの子の教室のなかを覗くことができる

＊＊＊

ここは屋上
わたしは双眼鏡を目に当てている
この双眼鏡は
こないだの冬休みにおばあちゃんちで見つけたもので
死んだおじいちゃんのだ

「もらっていい？」

とおばあちゃんに聞くと

「いいよ、わたしが双眼鏡なんて覗くとおもう?」と言われたので

とても気持ちの良いかたちで手にいれることができた

(お金も払ってないし、黙って持ってきたわけでもない)

＊＊＊

つよめの風が吹きぬける

まるっきり、吹き抜けた

風　この風の行き先をわたしは知っている

ここから　東に一キロメートル行くと

白樺の森があって

あそこでわたしはあの子に出会った

「こんにちは。え、なにしてるの?　こんなところで」
「あそこの切り株に座って、本を読むのが好きなの」

あの子はまあるい眼鏡をかけていて
ぶあつくて　こげ茶色の革で覆われた本を握りしめていた

「なんの本を読んでいるの?」
「どこか、遠くの。ここじゃない、どこか、遠くの国の本だよ」

ここじゃない、どこか　遠くの国?
双眼鏡で　あの子がいる教室のなかを覗いていた
　(ちっちっちっちっちっちっち)

彼女の、教室

わたしの教室とおんなじ遮光カーテンのクリーム色に
風がはらんで
（ちっちっちっちっちっち）

おおきくあおられたあとにあらわれた
彼女の、教室
（ちっちっちっちっちっち）

いつも窓辺で
本を読んでいるはずの　彼女なのだけれど
（ちっちっちっちっちっち）

彼女はどこにもいなかった
教室のどこにもいなかった
というか、たぶん

いなかった

＊＊＊

まぼろし
あれはすべて
白樺の森もすべて
（ちっちっちっちっちっちっち）

だけれど時計だけは
どういうわけか
歩みを止めないのだった

日曜日

わたしよりも　ずーっと年下のおんなのこが
絵を描いているのを　ドーナツの穴から見つめていた
おんなのこは、テーブルによじ登って
そのうえで　ぺたんと座り込んで絵を描いている
おんなのこのお母さんは、外で携帯電話をいじりながら
タバコを吸っている
おんなのこは　ひとりぼっちで店内にいるわけだから
すこし年配の女性の店員さんは、テーブルのうえから
彼女が落ちちゃわないか　心配そうにしている
窓の外　タバコを吸っているお母さんの
背後にはもう　葉っぱがぜんぶ落ちてしまった木々が、並んでいる

＊＊＊

まだ身体に馴染んでいない
クリーニングに出して　一年近くクローゼットで眠っていたような
ジャンパーを着ている家族が　楽しそうに歩いていたりする
どうしてそんなに楽しそうなの？
もうすこしで冬ですねー
と口にしてしまうような
のどかな、朝だった

＊＊＊

「おれ、甘いものってさあ、そんなに食べないんだよね」
「ふーん」
「でも、どうしてか、このドーナツは美味しいです」
「ならよかった」

じつは、わたしはいま
さとしくんとふたりでドーナツを食べている
さとしくんて　なんか意外と、こわい　みたいな印象があったけど
でも案の定　かわいいとこあるじゃん
というかやっぱわたし　さとしくんのこと好きじゃん
それで　さとしくんもわたしのこと、たぶん好きじゃん
さとことさとしでこれからもやっていけるじゃん
だって　はじめてふたりきりになったっていうのに
あんまりドキドキしていない
そういう初々しいかんじを　いきなり通り越している
これって　すごいことだとおもう
さとしくんの顔　ちっともかっこよくない
ぜんぜん　そこには、ときめかない
ときめかない部分が多すぎて　つぎからつぎへとクエスチョンが湧いてくる

というか、そういう私服だったんだ　さとしくん
縦縞のカーディガンの下は、横縞のボーダーのTシャツ
なにもかも　ダサいじゃん
やっぱわたし　さとしくんのこと好きだわ
好きを通り越して　もう愛してるかも
ドーナツを　生まれて初めて食べたみたいな表情もいい

　　愛してる

口のまわりに粉みたいなのついてるよ

　　愛してる

わたし、このあと　さとしくんにおしりつかまれてもいい
わたしのおしりに、なにしてもいいよ　さとしくん

それで　わたしに、飽きてしまってもいい
飽きてしまって　もう会わなくなってもいい
会わなくなって　またお互いちがうひとを愛してもいい
メールアドレスは、そのときがきたときのために　交換しないでおこう
交換しないまま
また　偶然、出会えたときに
そしたら、また　わたしのおしりをつかんでよ
つかまれたときに漏れた声は
またわたしのなかに戻ってくるから

心配しないで？

なにをされても　わたしはわたし
ひとりっきりのままだから

心配しないで？

この先　さとしくんのことを愛せなくなっても
わたし　なんにも悲しくないよ
悲しくなんか、ならないよ
わたしはわたし
さとしくんはさとしくん
そのまま行こうよ
偶然　交わりたいときだけ交わってさあ
そのまま行こうよ
そうやって、ずっと　ひとりで行こうよ

ひとりで　ひとりで　ひとりで　ひとりで

＊＊＊

さとしくんを見つめながら　わたし
いつの間にか――

わたしは

わたしは　ひとりで行く

Rと
無重力の
うねりで

うねっているものがあるとして。

それは、きっと。

わたしのまんなかあたりにある。

たまにだけれど。

わたしのそれは、うねるうねる。

うねりつくして。

じぶんがいったい、だれなのか。

わからなくする。

わからなくなったときにおもう。

そっか。

これが。

そうか。

無重力――

無重力ってこんなかんじかなあ――

Rくん――

Rくん、って。
どんな顔、してたっけ。
Rくん、って。
どんな声、してたっけ。
Rくん、って。

なまえ、って。なんだっけ。

りょうくん？
りょうたくん？
りょうすけくん？
りょうたろうくん？

わたし、Rくんのことって。
なまえで、呼んだことって。

あったっけ。どうだっけ。

ちょー、忘れちゃってるよなあ――

Rくん、は。英単語とか、そういうのを。
暗記するのが、ちょー、苦手で。
Rくん、は。先生が、いくらおしえても。
立方体の体積を求められないし。
Rくん、は。それ以外にもダメなところ。
いっぱい、あって。ありすぎて。
Rくん、は。いつも、ほかの男子たちに。
からかわれていたりとか。そう。
Rくん、は。たしかそんなかんじだった。

Rくん――

Rくん、は。上手に、しゃべったりとか。
たぶんもともと、できない子で。
Rくん、は。それでいて、たまにウソも。
ついちゃったりとか、しちゃう。
Rくん、は。ひとのものを、盗んだかも。
とかいう、疑惑もあったりとか。
Rくん、は。そういうダメな要素たちを。
たくさん、兼ね備えているから。
Rくん、と。仲良くすることは、たぶん。

はずかしいこと。

だった。たとえば、Rくん、は。たまに。

けいれんした。みたいにして、ひくひく。
　ひくひくひくっ。
っと。教室の隅っこで、這いずりまわる。
それを。みんなは見て見ぬふりを、する。
　くすくすくすっ。
っと。笑いをこらえて、漏れてしまった。
でも、たしかに。笑っている。笑い声が。
　くすくすくすっ。
っと。きこえてくる。先生だってそれを。
その空気に、勘づいている、はずなのに。

　でも無視をする。

たしかに、Rくんの。そのけいれん、は。
放っておけば、いずれ。止むのだろうが。

Rくんのこと――

まるで、いないかのように――

Rくんのこと――

教室のなかで、Rくんは。透明――

透明、だった――

Rくんのくちぐせ。くちぐせは――

ううえ、したした、みぎひだり、みぎひだり、

びー、えー。

ううえ、したした、みぎひだり、みぎひだり、
　びー、えー。
これって、えっと。なんだっけ。なんかすごく。
　耳に。耳に。
のこっているんだけれど。なんだっけ、えっと。
　うえ、うえ――
Rくん、は。背中をまるめながら、
　した、した――

つまさきばっかり、みつめながら、

　みぎひだり――――

なにかをぼそぼそと、言いながら、

　みぎひだり――――

あるいてた、あるいてたっけか――――

　びー、えー。

これさあ、なんだっけ。なんか、憶えてない？

――ああ。なんか、ゲームのあれじゃないかな。

――ゲームのあれ？
――そうそう、なんか、それしたら、強くなる？
――強くなるって？
――みたいな。無敵になる、みたいなかんじの。
――無敵に、なる？
――うん。ま、わたしもよくわからないけれど。

こうやって、いちおう。こたえて、くれたのは。

洋子ちゃん。

洋子ちゃん、は。N団地に住んでいて。
洋子ちゃん、は。この三月のどこかで。

N団地から。

引っ越して。

この町を、出ていく。洋子ちゃん、は――

洋子。洋子。

洋子の、洋って。ひろ、って読むんだけれど。
けっこう、それって。ふつうに読むとすると。
ひろ、って読めないじゃん。よう、でしょう?
太平洋の、洋、って書いて。よう、でしょう?
だから、ようこって読まれたりするんだよね。

洋子。洋子。

で、名前って。つけるのに、順序があるのだとおもうんだよ。

というのは、ひろこ、って、読みかたにしたくって。ひろこ。ひろこ、にしたのか。逆に、洋、って漢字をつかいたくって。洋子、って、書いたところを。ひろこ、って、読ませたのか。

洋子。洋子。

どっちか。どっちかだとおもうんだよね。どっちもいっぺんに。ってことではない、とおもうんだよね。どっちからなんだろう。

とおもって。

わたしは、どっちからなんだろう。とおもって。文字が、先か。音が。先なのか。どっちからなんだろう。

洋子ちゃん。

名前は、たしかに。まずは、じぶんで決めることができないわけだから。
たしかに、そうだよね。とても、謎に包まれている、かもしれないよね。
わたしも、そうだもん。じぶんの名前が、なんで。じぶんの名前なのか。
わからないとき、あるもんなあ。そうだよね。わたしも、そうだもんな。
ヘタしたら、じぶんの名前って。じつは、じぶんの名前、じゃなくって。
なんか、べつの。もっと、へんてこな名前、かもしれない可能性とかね。
かんがえるとき、あるもん。たとえば、部屋でひとりっきりでいるとき。

そうそう、部屋でひとりっきりでいるときね――

わたしは、わたしのまんなかあたりに。
たまに、手を。やってみるのだけれど。

そんな、じぶんの姿。
想像してしまったら。

笑ってしまうときも、あるのだけれど。

それでも、わたしは。

わたしの――

まんなかあたり、に。

手を。やってみる。まんなかあたりに。
指で、円を。円を描いてみる、すると。
うねりが。わたしのなかで、うねりが。

たえまないくらいの――
うねりが。うねりが。
うねって、うねって。
とっても、うねって。

こわくなるくらいの――
うねりが。うねりが。
うねって、うねって。
とっても、うねって。

おかしくなるくらい――
それくらいのうねり――

それでも、わたしは。やめない。

まんなかあたりから、手をはなさない。

指で、円を。円を描きつづける。

これを、おとこのこたちって、どうやってやってんだろう。だって、わたしたちと、きっと。かたちがちがうだろうし。っていうか、わたしたちのよりも。ずっと、おおきなもの。なのでしょう。まんなかのかたちが、れきぜんと。ちがう。のでしょうから。だから、おんなとおとこは、そうやって。おんなとおとこにわかれているのでしょう。そうでしょう。かたちが、だって。ちがうから。れきぜんと、ちがうから。

どうやってんだろう。

どうやったら、うねるのかしら。
おとこのまんなかは。

そうそう、部屋でひとりっきりでいるときに――

わたしのそれは、うねるうねる。

わたしはわたしの、まんなかから。手をはなさないで――
うねりつくして。
それでも、わたしは。指で、円を。円を描きつづける――

じぶんがいったい、だれなのか。

じぶんは、じぶんで決めることができないわけだから――
わからなくする。

じぶんは、じつは。じぶんじゃない。べつの、もっと――

わからなくなったときにおもう。

そっか。

これが。

そうか。

無重力――

無重力ってこんなかんじかなあ――

Rくん――

Rくんの、まんなか――
Rくんって、おとこだったっけ――
Rくんの、まんなか――

Rくん――

朝、目覚めると――

べつの、世界に。
きて、しまった。
そんな気がした。
無重力みたいな。

ふわふわな世界――

寒くも暑くもなかった、そんな季節だった。

きょうも相変わらず、工場地帯の背の高い。
煙突からは、煙が。煙が、立ち上っている。
工場地帯の、向こうがわには。海が、海が。
海が、ひろがっていて。水平線が、見える。
一艘のヨットが、海に浮かんで漂っている。
眩しくて、なんだか。気だるい朝。だった。

春なんて季節は、ろくでもない季節だということは。
わかっているのだけれど。でもやっぱり、まいとし。
春はやってきて、わたしたちの日々を通過していく。

なんだかねえ。

なんでこうも。
ねむいかねえ。
生きてんだか。
死んでんだか。

わからなくなりそう。はあ――

わたしんちのまえの、一方通行の小道を。
おおきめの、トラックが。走っていった。
だから電線にとまっていた、雀が。雀が。

飛んでってしまった。はあ――

歯ブラシ粉の匂いが、口のなかでひろがって。
オエっとする。朝は、いっつも吐きたくなる。

おかあさん、ごめんなさい。
ぜんぜん、食べれなかった。
あしたは、食べれるかなあ。
ではでは、行ってきまあす。

きょうも、洋子ちゃんはあの場所で。
あの、曲がり角の。電柱のところで。
わたしのことを待っているのだろう。
そういう、まいにちの。順繰りにも。
とっても、飽き飽き、してきたなあ。
きょうも、洋子ちゃんといっしょに。
登校する。まいにち、まいにちさあ。
なんでいっしょにあるくんだろうか。
とはいえ、きょうも。洋子ちゃんに。

はなしたいことは、たくさんあるよ。

ねえ、ねえ。

洋子ちゃん。

洋子ちゃんは、ひとが。たおれる瞬間、つまり。
ダウンする瞬間。
見たりしたことあるかな。わたしは見たことが。
あるんだけれど。
公園のベンチや、駅のホームで。酔っ払いがさ。
寝ていたりとか。
たおれているのを。見かけないかな。あれもさ。

ダウンしている。

としてさあ。見たことってないかな。あるよね。
夏休みのまえの。
終業式に。貧血でたおれる子。っていなかった？
なんの前触れも。
ないまま。スコン、って。あれもそれで言うと。

ダウンですよね。

町を歩いていると、よく見るし。記憶を遡ってみると、よく見ていた。

ダウンについて。

なんだけど。ダウンする、というのは。つまり、まずは脳がなんらか。

酔っ払うにせよ。
貧血するにせよ。

脳がなんらかの原因で、揺れて。で、身体のスイッチがはいっていた。部位や筋肉が、つぎつぎと。解除されていって。力が抜けてしまって。それで、立っていられなくなって。地面にたおれるという。その一連。その、一連のことを言っているのだけれど。ひとが、そうなる瞬間て。

洋子ちゃんは、見たりしたことあるかな。
わたしは、見たことが。あるんだけれど。

その地面に倒れるまでの時間と距離のなかはどうなっているんだとおもう?
それは、一瞬のことなのだろうけれど。
その地面にたおれるまでの時間と距離。
そのなかで、ひとは。無重力状態、に。

無重力状態に陥って。まるで、まるで。
時間が、止まったみたいな。あるいは。
あるいは、スローモーションのような。
そんな感覚で。世界に、ふわふわと浮かんでいるような。そんな、状態で。

やがて、地面にたおれるのだろうけれど。

洋子ちゃん。

洋子ちゃんは、見たりしたことあるかな。
わたしは、見たことが。あるんだけれど。

きょうはなんだか、わたしが一方的にしゃべっているだけで。
洋子ちゃんからは、あんまりしゃべってくれない。なんだろ。
なんでだろ。わたしたちは海岸線をあるいて。登校している。

しばらくして――――

洋子ちゃんは立ち止まって。海のとおくのほうを、指さして。

――あれ、見える？あの、突きでてるやつ。けっこう、とおくにあるから。

――ん。

――あなたの視力じゃあ。見えるか、わからないけれど。あれ、あれさあ。

――は。

――あそこまで、ふつうに泳いでくとしたら。けっこう、かかるはずよね。

――ん。

――でも、一瞬。だったんだろうなあ。きっと。あそこまで。あそこまで。

あそこまで。

――いっしょに、じゃあ帰ろうか。わたしんちの途中だしさあ。
――え。なんでだよ。
――N団地でしょ。いいよ、いっしょに帰ろうよ。それじゃあ。
――いいよ、べつに。
――だって、ずぶ濡れじゃん。なんで、やられっぱなしなわけ？
――は。しらないし。
――ちょっとは、抵抗しなよ。ほんと、まったく。馬鹿だなあ。

Rくん、って。どんな顔、してたっけ。
Rくん、って。どんな声、してたっけ。

わたし、Rくんのことって。なまえで、呼んだことって――

わたしは、Rくんと。一度だけ。

いっしょに、帰ったことがあった。
そのことはなんとなく憶えている。
Rくんが住んでいる、N団地まで。
いっしょに、帰ったことがあった。
となりで。Rくんは泣いてんのか。
なんなのか。なぜか、ずぶ濡れで。

——ちょっとは、抵抗しなよ。ほんと、まったく。馬鹿だなあ。

それから、N団地まで。
わたしたちは。一言も。
はなさないで、歩いた。

Rくんと仲良くすること。それは。
それは、たぶん。はずかしいこと。

はずかしいこと。

そんなのはわかってはいたけれど。
でも、なぜだかこの日はRくんと。

帰りたいなあ。なんて。
おもったのだとおもう。
この日は、いっしょに。

——食べれないものは、食べれないって。言ったほうがいいし。
——うーん。
——ほんと、そういうのかっこわるいし。ちょー、ダサいよね。
——うーん。
——うなってるようにしかきこえないからちゃんとしゃべって。

N団地だ――

N団地が見えてきた――

N団地はオレンジ色で染まって――

眩しいくらいに、反射して。直視できない――

――したっけ、ねえ。帰ったら、着替えなよ。したっけ、ねえ。

したっけ。したっけ。

ってコトバ。この町では。
じゃあね、またね。とか。
そしたら、またね。とか。

また、あしたね。バイバイ。とかいう意味合いで、つかわれる。

――したっけ、ねえ。帰ったら、着替えなよ。したっけ、ねえ。

別れ際に――

したっけ。したっけ。
じゃあね、またねえ。
そしたら、またねえ。
またね。あしたねえ。

Rくん――じゃあね、またねえ。
したっけ、ねえ。
Rくん――そしたら、またねえ。
したっけ、ねえ。
Rくん――またね。あしたねえ。

どんな顔、してたっけ。
どんな声、してたっけ。
なまえで、呼んだこと――
あったっけ。どうだっけ。
ちょー、忘れちゃってるよなあ――
ううえ、したした、
したっけ、ねえ。
みぎひだり、みぎひだり、
したっけ、ねえ。

　びー、えー。

Rくんは。とぼとぼ、と。
N団地のほうへ。背中を。
まるめながらあるいてく。

うえうえ、したした、みぎひだり、みぎひだり、
　びー、えー。

ぼそぼそと。呟きながら。

うえうえ、したした、みぎひだり、みぎひだり、
　びー、えー。

N団地のほうへ。行ってしまった――

Rくん――

無重力――

Rくん――

これさあ、なんだっけ。なんか、憶えてない？

うえ、うえ――

Rくんは――

――なんか、ゲームのあれじゃない？

した、した――

Rくんは――

――なんか、それしたら、強くなる？

みぎひだり――

Rくんは――

——無敵になる、みたいなかんじの。
みぎひだり——

強くなれたのだろうか。
無敵になれたのかなあ。

びー、えー。

Rくん——
したっけ、ねえ——

——あそこまで。あそこまで。

あそこまで。

――あそこまで、ってそうか。
――うんうん。
――そういうことか。うーん。

洋子ちゃん。

Rくんって。いたよねえ。

でも、そう。

いまはもう。いないよね。

憶えている?

わたしね、Rくん、のことをさあ。

忘れないために、どうするかとか。
忘れるために、どうしようかとか。
そういうのも野暮だとおもうんだ。
それって記憶をいじる、ってこと。

でもある、って。おもうんだよね。

自然な流れで、忘れていくことが。
当たり前なのだと。なんていうか。
忘れていく以外は、ないというか。
それがダメなことでもないのだし。
みんな、だって。忘れるでしょう。

そう、おもうんだよね。そうそう。

なぜなら、過去にはじつは。
もう、揺るぎない事実しか。
転がっていなくて。それは。
変えることができなくって。
動かせないいんだよ、過去は。
努力も、できないいんだよね。
なのに、ひとって。過去に。
なにか、手を。加えようと。
しようとおもっちゃうから。
ややこしくなっちゃうんだ。

って、そうおもうんだ。そうそう。

その、ややこしさが。
なくなっちゃうのも。

どうなのかな、って。

そうも、おもうんだけれど。でも。

——忘れちゃうからなあ。すぐに。

洋子ちゃんは。
あいかわらず。
海のとおくの。
突きでた岩を。
見つめている。

——波にのまれたら、ってこと。だよね。
——そうそう。
——たしかに、泳いでいくとしたらねえ。

――うんうん。
――かなりかかりそうだね。あの岩まで。

あの、岩まで。
あの、岩まで。
波にのまれた。
ひとたち、は。

一瞬、だったんだろう。

波のなかで。
ひとたちは。

その、うねりのなかで。

ひとたちは。

無重力――

無重力――

無重力状態に陥って。まるで、まるで。
時間が、止まったみたいな。あるいは。
あるいは、スローモーションのような。

そんな感覚で。世界に、ふわふわと浮かんでいるような。そんな、状態で。

やがて――

岩に、打ちつけられたり。
さらに沖まで、流されて。

どこが、うえか――うえ、うえ。
どこが、したか――した、した。
どっちがみぎで――みぎひだり。
どっちがひだり――みぎひだり。

方向感覚がわからぬまま。
息が。息が、とまったり。
したのだろう。だけれど。
想像はできるんだけれど。

わたしは――

経験したことが、ない。
経験したことが、ない。

だからきっと、すぐに。
――忘れちゃうからなあ。すぐに。

春なんて季節は、ろくでもない季節だということは。
三月。三月、かあ――
わかっているのだけれど。でもやっぱり、まいとし。
三月。三月、かあ――
春はやってきて、わたしたちの日々を通過していく。

なんだかねえ。
Rくん、したっけねえ――
なんでこうも。
Rくん、したっけねえ――
ねむいかねえ。

Rくん、したっけねえ――
　生きてんだか。
Rくん、したっけねえ――
　死んでんだか。

Rくん――

わからなくなりそう。はあ――

Rくん――

Rくんが、教室の隅っこで。
もう、あたりまえみたいに。
ほかの男子たちに囲まれて。

殴られていたことがあった――

ひととおり、殴り終えると。
その男子のなかのひとりが。
ビーカーに入れた、白く濁った液体を。
持ってきて。Rくんの口に、流しこむ。
液体には、チョークの粉が。
混ざっている、らしかった。

そしてまた殴りはじめる――

それを、なんにも言わずに。
Rくんは、受け入れている。

殴ることを、くりかえす――

――食べれないものは、食べれないって。言ったほうがいいし。
飲んではいけないものを――
――ほんと、そういうのかっこわるいし。ちょー、ダサいよね。
身体のなかに、流し込む――
――うなってるようにしかきこえないからちゃんとしゃべって。
終わらない、くりかえし――

殴られながら、Rくんは――

なにを。

なにを。

きいていたのかな。

殴られた瞬間に、じぶんの身体のなかで。
どんな音が鳴ったか、とか。その、音は。
骨の音なのか。とか。内臓の、音なのか。

とか。

なにを。

なにを。

きいていたのかな。

殴られて、じぶんの身体のなかで。音が。
音が鳴って、その反響とともに。地面に。
たおれていく。その時間と距離のなかは。

無重力。

無重力。

無重力状態を。

そのうねりを。

たえまないくらい――

殴られる、殴られる。

うねりが。うねりが。

身体のなかで、反響。

反響――
反響する、音――
鼓動――

うねって、うねって。
とっても、うねって。

こわくなるくらい――

殴られる、殴られる。

うねりが。うねりが。

はげしく、振動する。

振動――
振動する、脳――
動悸――

うねって、うねって。
とっても、うねって。
おかしくなるくらい――
揺さぶられる。

それくらいのうねり――

嗚咽――

恐怖――

どこが、うえか――うえ、うえ。

方向感覚がわからぬまま。

どこが、したか――した、した。

息が。息が、とまったり。

どっちがみぎで――みぎひだり。

想像はできるんだけれど。

どっちがひだり――みぎひだり。

わたしは――

経験したことが、ない。

経験したことが、ない。

だからきっと、すぐに。

――忘れちゃうからなあ。すぐに。

その痛みに近づくこと。
できなくて。Rくんの。
痛みに。Rくんの痛み。

わたしは――
わたしは――

地面にたおれた、Rくんの目に。

なにが映ったのだろう。

教室の天井?

蛍光灯の白?

目のなかにヒカリが。ヒカリが。
はいって、こなくなる――
やがて、暗闇が訪れる。暗闇が。

暗闇が――

想像はできるんだけれど。

わたしは――

経験したことが、ない。

経験したことが、ない。
だからきっと、すぐに。

忘れる、忘れる、忘れるのかもしれない――

暗闇――
暗闇、かあ――

洋子ちゃんは。
あいかわらず。

――波にのまれたら、ってこと。だよね。

海のとおくの。
突きでた岩を。

――たしかに、泳いでいくとしたらねえ。

見つめている。

――かなりかかりそうだね。あの岩まで。

洋子ちゃん。

洋子ちゃん、は。N団地に住んでいて。
Rくんと、おんなじ。N団地――
洋子ちゃん、は。この三月のどこかで。

――洋子ちゃんは、この町を出ていくのだろうけどさあ。

――うん。

――わたしはこの町にのこるだろうな。なにがあっても。

あたりまえに出ていかないだろうな。
この町にのこって、この町のひとと。
結婚して。そんなかんじ、だろうな。
わたしはこの町から離れようなんて。
かんがえたことって、ないんだよね。
Rくん、とか。洋子ちゃんは、さあ。

Rくんも――
洋子ちゃんも――

この町からいなくなることができる。

透明に。

透明に。

なることが、できる。

でも。

わたしは――

――でも、親が決めたことだからさあ。

――うん、そうだよねえ。

――わたしの名前も。町を出ることも。

――だよね。そうだよね。

――そう、親が決めたことだからさあ。

洋子ちゃんは、そう言った。けれど。
わたしたちは、コドモなのだけれど。

でも。

わたしは――
わたしは――

この町で。

――待ってるからね。帰ってきてもいいからね。
――うん。
――こんな町だけど。帰ってきてもいいからね。
――うん。
――そのころは、コドモじゃないかもしれない。

洋子ちゃん、の。足元には。
涙が、ぽたぽたと。落ちて。
地面に、染みて。滲ませた。

洋子ちゃんを乗せた、汽車が。
行ってしまったのは、三月だ。

三月、だった――

汽車が。

洋子ちゃんが乗っている。

汽車が。

海岸線を、はしっていく。

汽車が。

どんどん、ちいさくなる。

汽車が。

見えなくなって、しまう――

つぎに。

目に。

目に――

飛び込んできたのは。

やっぱり。やっぱり――

海だ――

ひろい、海――

洋子ちゃん――

春なんて季節は、ろくでもない季節だということは。
わかっているのだけれど。でもやっぱり、まいとし。
春はやってきて、わたしたちの日々を通過していく。

この海で。

Rくんは――

この海で。

Rくんは――

無重力のなかで。

うねりのなかで。

Rくんは――

Rくん――

初出一覧

Kと真夜中のほとりで　「ユリイカ」二〇一二年三月号
プールにまつわる、エトセトラ　「ユリイカ」二〇一二年八月号
わたしの、身のまわり。そして、ささやかな現象。　書き下ろし
さとこの、一週間。愛したり。愛されたり。　書き下ろし
Rと無重力のうねりで　「ユリイカ」二〇一四年三月号

なお既発表のものについては、適宜加筆修正を施した。

著者略歴

藤田貴大（ふじたたかひろ）

一九八五年生まれ、北海道伊達市出身。劇作家・演出家。二〇〇七年マームとジプシーを旗揚げ。以降、全作品の作・演出を担当する。二〇一一年に発表した三連作『かえりの合図、まってた食卓、そこ、きっと、しおふる世界。』で、第五六回岸田國士戯曲賞を二六歳で受賞。以降、様々な分野のアーティストとの共作を積極的に行うと同時に、中高生との創作にも意欲的に取り組んでいる。演劇作品以外でも、エッセイ、小説、共作漫画の発表など、活動は多岐にわたる。

Kと真夜中のほとりで

二〇一七年五月一〇日　第一刷印刷
二〇一七年五月二〇日　第一刷発行

著者　藤田貴大

発行者　清水一人
発行所　青土社
一〇一-〇〇五一
東京都千代田区神田神保町一-二九市瀬ビル四階
電話　〇三-三二九一-九八三一（編集）
　　　〇三-三二九四-七八二九（営業）
振替　〇〇一九〇-七-一九二九五五

印刷・製本　シナノ印刷株式会社

　ISBN978-4-7917-6985-8　Printed in Japan